海上絲綢之路基本文獻叢書

萍洲可談

〔宋〕朱彧 撰

文物出版社

圖書在版編目（CIP）數據

萍洲可談 /（宋）朱彧撰． -- 北京 ： 文物出版社，
2022.7
（海上絲綢之路基本文獻叢書）
ISBN 978-7-5010-7669-7

Ⅰ．①萍… Ⅱ．①朱… Ⅲ．①筆記小説－小説集－中國－宋代 Ⅳ．① I242.1

中國版本圖書館 CIP 數據核字（2022）第 097847 號

海上絲綢之路基本文獻叢書

萍洲可談

撰　　者：〔宋〕朱彧
策　　劃：盛世博閱（北京）文化有限責任公司

封面設計：鞏榮彪
責任編輯：劉永海
責任印製：王　芳

出版發行：文物出版社
社　　址：北京市東城區東直門内北小街 2 號樓
郵　　編：100007
網　　址：http://www.wenwu.com
經　　銷：新華書店
印　　刷：北京旺都印務有限公司
開　　本：787mm×1092mm　1/16
印　　張：8
版　　次：2022 年 7 月第 1 版
印　　次：2022 年 7 月第 1 次印刷
書　　號：ISBN 978-7-5010-7669-7
定　　價：98.00 圓

總緒

海上絲綢之路，一般意義上是指從秦漢至鴉片戰争前中國與世界進行政治、經濟、文化交流的海上通道，主要分爲經由黄海、東海的海路最終抵達日本列島及朝鮮半島的東海航綫和以徐聞、合浦、廣州、泉州爲起點通往東南亞及印度洋地區的南海航綫。

在中國古代文獻中，最早、最詳細記載『海上絲綢之路』航綫的是東漢班固的《漢書·地理志》，詳細記載了西漢黄門譯長率領應募者入海『齎黄金雜繒而往』之事，書中所出現的地理記載與東南亞地區相關，并與實際的地理狀况基本相符。

東漢後，中國進入魏晉南北朝長達三百多年的分裂割據時期，絲路上的交往也走向低谷。這一時期的絲路交往，以法顯的西行最爲著名。法顯作爲從陸路西行到印度，再由海路回國的第一人，根據親身經歷所寫的《佛國記》（又稱《法顯傳》）一書，詳細介紹了古代中亞和印度、巴基斯坦、斯里蘭卡等地的歷史及風土人情，是瞭解和研究海陸絲綢之路的珍貴歷史資料。

隨着隋唐的統一，中國經濟重心的南移，中國與西方交通以海路爲主，海上絲綢之路進入大發展時期。廣州成爲唐朝最大的海外貿易中心，朝廷設立市舶司，專門管理海外貿易。唐代著名的地理學家賈耽（七三〇～八〇五年）的《皇華四達記》記載了從廣州通往阿拉伯地區的海上交通『廣州通夷道』，詳述了從廣州港出發，經越南、馬來半島、蘇門答臘半島至印度、錫蘭，直至波斯灣沿岸各國的航綫及沿途地區的方位、名稱、島礁、山川、民俗等。譯經大師義净西行求法，將沿途見聞寫成著作《大唐西域求法高僧傳》，詳細記載了海上絲綢之路的發展變化，是我們瞭解絲綢之路不可多得的第一手資料。

宋代的造船技術和航海技術顯著提高，指南針廣泛應用於航海，中國商船的遠航能力大大提升。北宋徐兢的《宣和奉使高麗圖經》詳細記述了船舶製造、海洋地理和往來航綫，是研究宋代海外交通史、中朝友好關係史、中朝經濟文化交流史的重要文獻。南宋趙汝適《諸蕃志》記載，南海有五十三個國家和地區與南宋通商貿易，形成了通往日本、高麗、東南亞、印度、波斯、阿拉伯等地的『海上絲綢之路』。宋代爲了加强商貿往來，於北宋神宗元豐三年（一〇八〇年）頒佈了中國歷史上第一部海洋貿易管理條例《廣州市舶條法》，并稱爲宋代貿易管理的制度範本。

元朝在經濟上採用重商主義政策，鼓勵海外貿易，中國與歐洲的聯繫與交往非常頻繁，其中馬可·波羅、伊本·白圖泰等歐洲旅行家來到中國，留下了大量的旅行記，記録元代海上絲綢之路的盛況。元代的汪大淵兩次出海，撰寫出《島夷志略》一書，記録了二百多個國名和地名，其中不少首次見於中國著録，涉及的地理範圍東至菲律賓群島，西至非洲。這些都反映了元朝時中西經濟文化交流的豐富内容。

明、清政府先後多次實施海禁政策，海上絲綢之路的貿易逐漸衰落。但是從明永樂三年至明宣德八年的二十八年裏，鄭和率船隊七下西洋，先後到達的國家多達三十多個，在進行經貿交流的同時，也極大地促進了中外文化的交流，這些都詳見於《西洋蕃國志》《星槎勝覽》《瀛涯勝覽》等典籍中。

關於海上絲綢之路的文獻記述，除上述官員、學者、求法或傳教高僧以及旅行者的著作外，自《漢書》之後，歷代正史大都列有《地理志》《四夷傳》《西域傳》《外國傳》《蠻夷傳》《屬國傳》等篇章，加上唐宋以來衆多的典制類文獻、地方史志文獻，集中反映了歷代王朝對於周邊部族、政權以及西方世界的認識，都是關於海上絲綢之路的原始史料性文獻。

海上絲綢之路概念的形成，經歷了一個演變的過程。十九世紀七十年代德國地理學家費迪南·馮·李希霍芬（Ferdinad Von Richthofen，一八三三～一九〇五），在其《中國：親身旅行和研究成果》第三卷中首次把輸出中國絲綢的東西陸路稱爲『絲綢之路』。有『歐洲漢學泰斗』之稱的法國漢學家沙畹（Édouard Chavannes，一八六五～一九一八），在其一九〇三年著作的《西突厥史料》中提出『絲路有海陸兩道』，蘊涵了海上絲綢之路最初提法。迄今發現最早正式提出『海上絲綢之路』一詞的是日本考古學家三杉隆敏，他在一九六七年出版《中國瓷器之旅：探索海上的絲綢之路》中首次使用『海上絲綢之路』一詞；一九七九年三杉隆敏又出版了《海上絲綢之路》一書，其立意和出發點局限在東西方之間的陶瓷貿易與交流史。

二十世紀八十年代以來，在海外交通史研究中，『海上絲綢之路』一詞逐漸成爲中外學術界廣泛接受的概念。根據姚楠等人研究，饒宗頤先生是華人中最早提出『海上絲綢之路』的人，他的《海道之絲路與昆侖舶》正式提出『海上絲路』的稱謂。選堂先生評價海上絲綢之路是外交、貿易和文化交流作用的通道。此後，大陸學者馮蔚然在一九七八年編寫的《航運史話》中，使用『海上絲綢之路』一詞，這是迄今學界查到的中國大陸最早使用『海上絲綢之路』的人，更多地限於航海活動領域的考察。一九八〇年北京大學陳炎教授提出『海上絲綢之路』研究，并於一九八一年發表《略論海上絲綢之路》一文。他對海上絲綢之路的理解超越以往，且帶有濃厚的愛國主義思想。陳炎教授之後，從事研究海上絲綢之路的學者越來越多，尤其沿海港口城市向聯合國申請海上絲綢之路非物質文化遺産活動，將海上絲綢之路研究推向新高潮。另外，國家把建設『絲綢之路經濟帶』和『二十一世紀海上絲綢之路』作爲對外發展方針，將這一學術課題提升爲國家願景的高度，使海上絲綢之路形成超越學術進入政經層面的熱潮。

與海上絲綢之路學的萬千氣象相對應，海上絲綢之路文獻的整理工作仍顯滯後，遠遠跟不上突飛猛進的研究進展。二〇一八年厦門大學、中山大學等單位聯合發起『海上絲綢之路文獻集成』專案，尚在醞釀當中。我們不揣淺陋，深入調查，廣泛搜集，將有關海上絲綢之路的原始史料文獻和研究文獻，分爲風俗物産、雜史筆記、海防海事、典章檔案等六個類別，彙編成《海上絲綢之路歷史文化叢書》，於二〇二〇年影印出版。此輯面市以來，深受各大圖書館及相關研究者好評。爲讓更多的讀者親近古籍文獻，我們遴選出前編中的菁華，彙編成《海上絲綢之路基本文獻叢書》，以單行本影印出版，以饗讀者，以期爲讀者展現出一幅幅中外經濟文化交流的精美畫卷，爲海上絲綢之路的研究提供歷史借鑒，爲『二十一世紀海上絲綢之路』倡議構想的實踐做好歷史的詮釋和注脚，從而達到『以史爲鑒』『古爲今用』的目的。

凡例

一、本編注重史料的珍稀性，從《海上絲綢之路歷史文化叢書》中遴選出菁華，擬出版百册單行本。

二、本編所選之文獻，其編纂的年代下限至一九四九年。

三、本編排序無嚴格定式，所選之文獻篇幅以二百餘頁爲宜，以便讀者閱讀使用。

四、本編所選文獻，每種前皆注明版本、著者。

五、本編文獻皆爲影印，原始文本掃描之後經過修復處理，仍存原式，少數文獻由於原始底本欠佳，略有模糊之處，不影響閱讀使用。

六、本編原始底本非一時一地之出版物，原書裝幀、開本多有不同，本書彙編之後，統一爲十六開右翻本。

目録

萍洲可談

萍洲可談

三卷

〔宋〕朱彧　撰

清《守山閣叢書》本

守山閣叢書

洋洲可談

附校勘記

萍洲可談提要

萍洲可談三卷宋朱彧撰彧字無惑烏程人是書文獻通考著錄三卷而明代商濬刻入稗海陳繼儒刻入秘笈者均止五十餘條不盈一卷陶宗儀說郛所錄更屬寥寥蓋其本久佚濬等特於諸書所引掇拾殘文以存其概皆未及睹三卷之本也惟永樂大典徵引頗繁裒而輯之尚可復得三卷謹排纂成編以還其舊雖散佚之餘重爲綴緝未必毫髮無遺然較明代諸家所刊幾贏四倍約客核計已得其十之八九矣彧之父服元豐中以直龍圖閣歷知萊潤諸州紹聖中嘗奉命使遼後又爲廣州帥故彧是書多述其父之所見聞而於廣州

萍洲可談提要　一

蕃坊市舶言之尤詳考之宋史服雖坐與蘇軾交遊貶
官然實非元祐之黨嘗有隙於蘇轍而比附於舒亶呂
惠卿故彧作是書於二蘇頗有微詞而于亶與惠卿則
往往曲爲解釋甚至于元祐垂簾有政由帷薄之語蓋
欲回護其父不得不回護其父黨遂不得不尊紹聖之
政而薄元祐之人與蔡絛鐵圍山叢談同一用意殊乖
是非之公然自此數條以外所記土俗民風朝章國典
皆頗足以資考證卽軼聞瑣事亦往往有　勸戒較他
小說之侈神怪肆詼嘲徒供談噱之用者　有取焉

萍洲可談卷一　　四庫全書原本　　守山閣叢書　子部

宋朱彧撰　　金山錢熙祚錫之校

元豐間彧先公為右史神考遣使治楚州新河而戒之曰東南不慣興大役卿且為朕愛惜兵民大哉王言簡而有體

元豐六年冬祀先公導駕既進輦輦中忘設衾褥遽取未至上覺之乃指顧問他事少選褥至遂升輦以故官吏無罪聖度如此

舅氏胡宗堯嘉祐初引見改官舉將十七員仁宗問其家世或奏樞密使胡宿之子卽有旨更候一任回改官時又有因失入死罪連坐於條合展舉將員改次第等官上宣諭未令改官凡三引見幾十餘年大臣或以為言上曰此人曾殺朕

百姓不可改官
三省俱在禁中元豐間移尚書省於大內西切近西角樓人呼爲新省崇寧間又移於大內西南其地遂號舊省以建左右班直或云舊省不利宰相自創省至廢蔡確王珪呂公著司馬光呂大防劉摯蘇頌章惇曾布更九相唯子容居位日淺亦謫罷餘不以存沒或貶廣南或貶散官
祖宗故事宰相呼相公節度使帶開府儀同三司元豐官制前帶同中書門下平章事亦呼相公謂之使相三公正眞相之任呼公相尚書改令廳爲公相廳蔡京首以太師爲公相其子攸自淮康軍節度使除開府儀同三司遂父呼公相子呼相公時傳京父子入侍西宴上云相公公相子京對云人

主主人翁際遇之盛如此
宰相禮絶庶官都堂自京官以上則坐選人立白事見於私第雖選人亦坐蓋客禮也唯兩制以上點茶湯入腳牀子寒月有火鑪暑月有扇謂之事事有庶官只點茶謂之事事無
茶見於唐時味苦而轉甘晚採者爲茗今世俗客至則啜茶去則啜湯湯取藥材甘香者屑之或温或凉未有不用甘草者此俗遍天下先公使遼遼人相見其俗先點湯後點茶至飲會亦先水飲然後品味以進
朝辨色始入前此集禁門外宰執以下皆用白紙糊燭燈一枚長柄揭之馬前書官位於其上欲識馬所在也朝時自四鼓舊城諸門啓關放入都下人謂四更時朝馬動朝士至者

以燭籠相圍繞聚首謂之火城宰執最後至至則火城滅燭大臣自從官及親王駙馬皆有位次在皇城外仗舍謂之待漏院不與庶官同處火城每位有翰林官給酒果以供朝臣酒絕佳果實皆不可咀嚼欲其久存先公與蔡元度嘗以寒月至待漏院卒前白有羊肉酒探腰間布囊取一紙角視之臡也問其故云恐寒凍難解故懷之自是止令供清酒

本朝置大宗正寺治宗室濮邸最親嗣王最貴於屬籍最尊世世知大宗正事自宗晟迄宗漢皆安懿王子兄弟相繼宗字行盡死諸孫仲字行復嗣爵判宗正寺人人謹厚練敏宗子率從其教誨崇寧初分置敦宗院於三京以居疏冗選宗子之賢者蒞治院中或有尊行治之者頗以爲難令鄭初除

南京敦宗院入對上問所以治宗子之畧對曰長於臣者以國法治之幼於臣者以家法治之上稱善進職而遣之令鄭既至宗子率教未嘗擾人京邑甚有賴焉

嗣濮王宗晟伯仲第十二英廟親兄也元豐間神考將詣睦親宅澆奠近親嗣王欲邀車駕幸舊邸會日逼不及造朝故尋戚里近屬許獻時新即於東華門投進時邸中無新果求得丁香荔枝數百枚函之附短奏云來日乞詣安懿王影堂燒香進入上果喜曰十二自來曉事即降處分暨至濮邸望見祠貌下輦去繖灑淚而入既已延見近族慰勞諸父加恩各遷使相郡王

嘉王顥裕陵親弟也好讀書元豐間數上疏論政事記室或

萍洲可談卷一　三

諫之曰大王爲天子弟無狗馬聲色之好游心方册固是盛德而數干廷議非所以安太后也王矍然亦悟爾後惟求醫書與其僚講湯液方論而已朝廷果賢其好古降詔襃諭至今醫家有嘉王集方

熙寧間始命宗室應科舉大觀間内臣有赴殿試者政和八年帝子亦赴殿試宗子及第始於令鑠内臣及第始於梁師成親王及第始於嘉王楷故事有官人應舉謂之鎖廳例不作廷魁戊戌牓嘉王第一人登仕郎王昻第二人顏天選第三人上宣諭嘉王楷有司考在第一不欲以魁天下以第二人爲牓首鎖廳人作廷魁自王昻始

帝女號公主壻爲駙馬都尉近親號郡主縣主而壻俗呼郡

駙縣馬甚無義理近世宗女既多宗正立官媒數十人掌議婚初不限閥閱富家多賂宗室求婚苟求一官以庇門戶後相引爲親京師富人如大桶張家至有三十餘縣主

宣和殿燕殿也中貴人官高者皆直宣和殿始置學士命蔡攸置直學士命蔡翛蔡鯈置待制命蔡絛後又置大學士命蔡攸自盛章王革高佑皆相繼爲學士班秩比延康殿學士爲加優凡外除則換延康蓋宣和職親地近非他比己亥歲改保和殿

本朝五等之爵自公侯伯子男皆帶本郡縣開國至封國公者則稱某國公初封小國次移大國以爲恩數亦有久不徙封者文彥博初封潞國公三十年不徙封王安石初封舒國

公後徙荆國既死追封舒王凡二國蔡京初封嘉國徙衞國楚國魯國凡四國復加陳魯二國公辭不拜何執中初封榮國公五年不徙封薨於位追封淸源郡王此僅事也元祐初司馬光封温國公議者以其剛厲宜濟之以温東坡行麻詞亦云封國於温用雄直德崇寧初曾布自相府以賄貶授廉州司戶參軍議者以其貪鄙故箴之以廉執筆者果有意乎自元符紹聖以前大臣罕有除在京宮觀者兩府召還爲宮使侍讀甚稀闊從官左遷重者外移輕者易職事時有八座改樞密承旨獨座改工部侍郎皆不美也王震自吏部尚書移知開封府又除樞密都承旨王嘗語先公曰震所謂齊一變至於魯魯一變復至於齊者也政和間近臣罷執政官即

授提舉在京宫觀旣禮貌之而名實相副以罪去者固自有法

典制寄祿官三品紫衣金魚五品緋衣銀魚職事官雖高非特賜不得預雖特賜而寄祿未至本品則帶賜魚在銜內寄祿官已至本品則不入銜外任官或借衣色者不佩魚銜內稱借色有賜色者仍稱賜色轉運使副提點刑獄知州軍並借紫本衣綠者止借緋轉運判官通判州軍並借緋自崇寧初增置提舉官不一惟學士與常平借緋餘衣本色其合借衣色者勅上云候迴日依舊服色自朝辭出國門則衣借色迴入國門則衣本色近制借色仍佩魚呂公著會任知州借紫後除轉運判官勅上不帶借紫公著仍衣紫馬餘慶知彭

州借紫替迴赴部方理通判資序懼失借色不肯受本等官請宮祠歸仍衣紫凡敕上不帶借衣者自不合著

典制左降官不追勲賜雖貶竄遇恩復官即依舊勲賜政和間方省勲舒亶在元豐時被擢用由台州臨海縣尉改官驟遷兩制賜金紫未經郊禮不得勲後坐事除名更沛敘初授官仍復前台州臨海縣尉賜紫金魚袋鄒浩建中靖國中除通直郎中書舍人賜金紫未經郊禮不得勲後貶新州丙戌赦除黨籍以得罪輕重敘官或得郡宮祠或未有差遣鄒降三官敘乃復承奉郎賜紫金魚袋無差凡降官與職並稱降授責散官並稱責授散官如節度副使團練副使雖號武官皆依舊物頃見元祐臣僚責授副使者兩制已上仍衣紫從

官以下元衣綠者仍衣綠唯責授長使別駕已下者不以舊官高卑並衣綠故宰相貶嶺南司戶參軍衣綠東坡初責惠州團練副使再貶儋耳授瓊州別駕元符末首復朝奉郎提舉玉局觀得報便北歸至廣州猶未受告會先公至東坡先折簡與公曰頭間生瘍妨巾裹欲着帽相見蓋不欲青衣耳坡於外物宜不能動惜其猶以此介胷中

故事節度使初除小鎮次中鎮後大鎮紹聖間見呂吉甫建節初除保寧軍婺州移武昌軍鄂州移鎮南軍洪州其序如此崇寧間蔡元長自司空左揆建節初除安遠軍節度使安州亦小鎮政和以來帝子蕃衍宗室近戚大臣中貴邊將加恩者衆諸路節鎮除祖宗潛藩外止六十餘處幾無虛位薛

昂能執政初除彰信軍節度使相州中鎮也蔡攸自宣和殿大學士初除淮康軍節度使蔡州大鎮也豈是時小鎮適無闕員乎刺史防禦團練使正任則本州繫銜與知州敘官每州止一員不除則闕任他官兼領防禦刺史者謂之遙郡本州不繫銜往往取美名如康榮雄吉諸州一州或有數員大率邊將多帶雄州戚里多帶榮州醫官多帶康州

著令朝奉郎至朝請郎致仕則得任子疾困及暴卒者往往旋求致仕予有隣哀或詐爲以前文書冒法狼狽大觀初吏部尚書張克恭建言員郎亡即與推恩遂革此風州縣選人有般家人二名日給雇錢人一百往往遠指程驛務多得雇錢於法須沿路官司批劵爲驗蓋防詐僞然無不僞爲者余

以爲不若以官資定錢數給之聽其自便既免欺誕且省刑憲當路者殊不論此

在京百官席帽宰執皇親用繖呼爲重蓋舊日兩制以下至寺監官出入馬後擁大圓扇用以遮日色紹聖間上在角樓望見庶官馬後有大扇因問其名内侍誤云是掌扇上云掌扇非人臣宜用遂禁止之

政和間有提舉學事官上殿劄子論庶官或用玉斧同於斧扆之義乞革去勘合得乃是人間所用柱拂子或名柱斧以水晶或銅鐵爲之制度無僭言者坐所論不實罷遂不果禁止

狨座文臣兩制武臣節度使以上許用每歲九月乘至三月

徹無定日視宰相乘則皆乘徹亦如之狨似大猴生川中其
脊毛最長色如黃金取而縫之數十片成一座價直錢百千
背用紫綺緣以簇四金鵰法錦其制度無殊別政和中有久
次卿監者以必遷兩制預置狨座得躁進之目坐此斥罷或
云狨毛以藉衣不皺先公使遼時已作兩制乘狨座副使武
臣乘紫絲座故事使雖非兩制亦乘狨座張繖金帶金魚重
將命也大觀中國信以禮部尚書鄭允中充使奉寧軍節度
使童貫充副使遂俱乘狨座
呂嘉問自熙寧中躋要顯徧歷名藩紹聖末以雜學士守成
都被誣搆遂不可辨獄成大理寺定斷贓罪絞典制官吏贓
罪笞已爲終身之累呂以貴品得議責散官安置遇皇上登

極大沛復官頻更赦令漸復職竟符舊物領宮祠二十年前後磨勘及八寶特恩轉寄祿官以正議大夫八十餘歲病卒復以先朝舊臣高資久次特贈資政殿學士視執政官

呂吉甫在熙寧時用事多所建明元祐初被罪異意者欲誅之貶福州甚危紹聖復先政章惇忌其才以爲延安帥雖除觀文殿學士建節鉞終不得近京師在延安六七年戎人圍城六日城中無備吉甫設方略僅能解圍元符末乃得知杭州頗優游會子淵交狂人事連吉甫追捕至國門貶鄂州數年復官平生患難如此者最大然有以處之非所病也

章惇性豪恣忽畧士大夫紹聖間作相翰林學士承旨蔡京謁惇惇道衣見之蔡上言狀乃立宰相見從官法王安禮尚

氣不下人紹聖初起廢帥太原過闕許見時樞府虛位安禮銳意士亦屬望將至京師答諸公遠迎書自兩制而下皆揩角一匾封語傲禮簡或於上前言其素行旣對促赴新任怏怏數月而死

曾布當軸唯自營於國事殊無可否季父出其門因以書切責之其間有云如其事鄒浩能言之相公不言也布大沮竟以此敗

先公在元祐背馳與蘇轍尤不相好公知廬州轍門人吳儔爲州學教授諭公延鄉人方蒸於學舍講三經義轍爲內應公坐降知壽州後在廣州與東坡邂逅各出詩文相示旣得罪范致虛行責詞云諂交軾轍密與唱和媚附安李陰求進

還或以轍事語范范曰吾固知之但不欲偏枯却屬對范學於先公或疑其背師蓋國事也范操行非希指下石者

元祐初呂惠卿責建州蘇軾行詞有云尚寬兩觀之誅薄示三危之竄其時士論甚駭聞紹聖初蘇軾再責昌化軍林希行詞云赦爾萬死竄之遐陬雖軾辯足以惑衆文足以飾非自絶君親又將誰懟或謂其已甚林曰聊報東門之役

錢遹德循爲侍御史元符末攻曾布章數上正急會其子病明日將對夜艾子死德循即跨馬入朝不復內顧旣歸然後舉哀朝廷頗知之布敗德循遂除中丞訓詞有云方蹇蹇以匪躬子呱呱而弗恤未幾德循轉工部尚書失言路其僚頗攻擊竟論匿哀之事德循由是得罪責詞數其躁進至云匿

哀請對藝濱軒墀德循投閑久之領宮祠而終

舒亶爲臨海尉弓手醉呼於庭舒笞之不受乃加大杖益厲聲願杖脊舒叱吏決脊又大呼爾不敢斬我舒卽起刃斷其頭被劾案上朝廷方求人材頗壯之令都省審察舒狀貌甚偉博學有口辯王荆公一見大喜薦對稱旨驟擢未幾至御史中丞彈擊不少恕宰相王珪自京尹執政會攜官浴桶入東府舒文致以爲之罪後舒敗坐獄以用臺中官燭於私家計贓神考薄其罪因言亶豈盗此或對云舒亶不愛蠟燭王珪豈愛木桶乃抵罪除名勒停居鄉里甚貧聚徒教授資束脩以營伏臘凡十八年中間元祐政出帷箔務姑息置訴理所瀾潾先朝嘗得罪者辜小競自辨不逞之人至於指斥熙

豐濫刑以迎合國政舒獨無一言辨雪坐此久廢紹聖復辟稍遷舒官又爲羣怨所沮庚辰龍飛始得軍壘會荆蠻作過乃移南郡帥除待制未受而卒

慈聖光獻皇后常夢神人語云太平宰相項安節神宗密求諸朝臣及遍詢吏部無有是姓名者久之吳充爲上相瘰癧生頸間百藥不瘥一日立朝項上腫如拳后見之告曰此眞項安癤也蔣之奇既貴項上大贅每忌人視之爲六路大漕至金山寺僧了元滑稽人也與蔣相善一日見蔣手捫其贅蔣心惡之了元徐曰沖卿在前潁叔在後蔣卽大喜

故事宰相薨駕幸澆奠褰帷視尸則所陳尚方金器盡賜其家不舉帷則收去宰相吳充元豐間薨於私第上幸焉夫人

李氏徒跣下堂叩頭曰吳充貧二子官六品乞依兩制例持喪仍支俸詔許之然倉卒白事不及褰帷驚輿諸司斂器皿而去計其所直與二子特支俸頗相當因謂官物有定分不可妄得如此

京畿士人王庭鯉嘗與邊將作門客得軍功補軍將因詣闕論父祖文臣及身嘗應進士舉乞換文資當路頗有主之者得上達王黙念自軍將累勞數十年方轉使臣改文資即可權注州縣差遣大喜洎告下乃得石州攝助教不理選限終身不釐務大凡爵祿豈可以計取哉

先公素貧元豐間久於右史奉親甘旨不足求外補神考知之將冊貴妃故事兩制奉冊執政讀冊乃躐用先公爲奉冊

官門下侍郎章惇爲讀冊官中貴馮宗道密謂公言上知公貧此盛禮也必有厚賜既事檢會無冊妃支賜例止賜酒食而已近歲帝子蕃衍宮閫每有慶事賜大臣包子銀絹各數千匹兩雖師垣尊寵冠廷臣然自辛巳乙酉己丑三次亦有不預賜者唯何執中以藩邸舊恩由承轄爲宰相首尾未嘗去位不問其他錫賚皇子帝姬六十七人包子無遺之者家貲高於諸公天性節儉未嘗妄費一錢爲三公奉養如平時

余表伯父袁應中博學有時名以貌寢諸公莫敢薦紹聖間蔡元度引之乃得對袁鳶肩上短下陋又廣顙尖額面多黑子望之如灑墨聲嗄而吳音哲宗一見連稱大陋袁錯愕不得陳述而退搢紳目爲奉勅陋

朝士王迥美姿容有才思少年時不甚持重間爲狎邪輩所誣播入樂府今六么所歌奇俊王家郎者乃迥也元豐中蔡持正舉之可任監司神宗忽云此乃奇俊王家郎乎持正叩頭謝罪

近制中外庫務刑獄官監司守令學官假日許見客及出謁在京臺諫侍從官以上假日許受謁不許出謁謂之謁禁士大夫以造請爲勤每遇休沐日齎刺自旦至暮遍走貴人門下京局多私居遠近不一極日力只能至數十處往往計會閽者納名刺上見客簿未敢必見也閽者得之或棄去或遺忘上簿欲人相逢迎權要之門則求賂若稍不俯仰便能窘人興國賈公袞自京師歸余問物價貴賤賈曰百物踴貴只

一味士大夫賤蓋指奔競者嘗聞蔡元長因閣門下見客籍有一朝士每日皆第一名到如此累月元長異之召與語可聽遂薦用至大官太醫學顔天選第三人及第欲謁元長未得見乃隨職事官入道史院元長方對客將命者覺其非本局官揖退之天選不肯出吏稍掖之天選抱柱而呼曰顔天選見太師與吏相持幘忽墮地元長命引至前語之曰公少年高科乃不自愛惜道史與國史同例奈何闌入此耶天選整幘而出吏執送開封府鞫罪特旨除名送宿州編管自此士風稍革

太學生每路有茶會輪日於講堂集茶無不畢至者因以詢問鄉里消息

祖宗時進士殿試詩賦論三題用親札熙寧三年殿試用策仍謄錄蓋糊名之法以示至公當防弊於微也近歲宰執子弟多占科名章惇作相子持孫佃甲科許將任門下侍郎子份甲科薛昂任尚書左丞子尚友甲科鄭居中作相子億年甲科或疑糊名之法稍疎非也廷試策問朝廷近事遠方士人未能知宰執子弟素熟議論所以輒中爾

蔡景蕃與晏元獻俱五六歲以神童侍仁宗於東宮元獻自幼耿介蔡最柔媚每太子過門闑蔡伏地令太子履其背而登既踐阼元獻被知遇至宰相蔡竟不大用以舊恩常領郡頗不循法令或被劾取旨上識其姓名必曰藩邸舊臣且令轉官凡更四朝元符初致仕已八十歲矣監司薦之乞落致

仕與宮祠其辭畧云蔡某年八十歲食祿七十五年余謂人生名位固可得罕得綿長如此者

政和壬辰牓唱名有饒州神童赴殿試中第纔十數歲父侏儒既釋褐衞士抱之於幕上作傀儡戲中貴人大笑欻日特奏名人唱第皆引近殿陛恣其所陳有自愬病者出尚藥珍劑賜之

饒州杜神童釋褐父攜之謝政府纔八九歲客次中士大夫皆孩之或戲云來學政事文字否答曰非也待告相公求一堂除差遣言者大慙

元豐間特奏名陛試有老生七十許歲於試卷內書云臣老矣不能爲文也伏願陛下萬歲萬萬歲既聞上嘉其誠特給

初品官食俸終其身

禁中應奉者多避語忌大觀中主文柄者專務奉上於是程文有疑似之禁雖無明文犯必黜落舉子靡然成風如大哉堯之爲君君哉舜也皆以與災字同音並不用反者道之動易反爲復九變而賞罰可信易變爲更此類不一能文者執筆不敢下憸夫善逢迎往往在高第政和初言者論之降詔宣諭雖暗於大體者或以爲忠然愛君果在茲乎嘗侍先公聞說元豐時歲歉流民過國門閽人鄭俠監新城門圖其狀以諫旣不可上達乃作邊檄夜傳入禁中適永樂失律上常西顧檄至無敢遏方秉燭啓封見圖畫饑民餓殍無數窮愁寒態不一罔測何事良久始知俠所上諫書也翌日降旨投

俠廣南不識忌諱又有如此者

姚祐元符初爲杭州學教授堂試諸生易題出乾爲金坤亦爲金何也先是福建書籍刊板舛錯坤爲釜遺二點故姚誤讀作金諸生疑之因上請姚復爲臆說而諸生或以誠告姚取官本視之果釜也大慙曰祐買著福建本升堂自罰一直其不護短如此

先公嘗言昔在修撰經義局與諸子聚首介甫見舉燭因言佛書有日月燈光明佛燈光豈足以配日月吉甫曰日煜晝月煜夜燈煜晝夜日月所不及其用無差別介甫大以爲然

杜甫詩雖屢經校正然有從來舛謬相襲者後人欽其名更不究義理如已公茅屋詩一聯云江蓮搖白羽天棘蔓青絲

二語是何情理搖對夢輕重不稱讀者未聞商搉亦好古之癖也余竊謂當作蔓青絲此類亦多未可徧舉

東坡自云嘗夢至帝所見侍女月娥仙爲作裙帶詩其詞曰百疊漪漪水皺六銖纚纚雲輕植立廣寒深殿風來環佩微聲

子瞻曾爲先公言書傳間出疊字皆作二小畫於其下樂府有瑟二調歌平時讀作瑟瑟後到海南見一縣卒自云元係教坊瑟二部頭方知當作瑟二非瑟瑟也子瞻好學彌老不衰類皆如此余嘗訪教坊瑟二事云每色以二人如笛二箏二總謂之色二不作瑟字不知果如何

姓氏之學近世不復講以名諱改者多失其旨錢鏐據吳越

改劉爲金姓譜自有金氏後世不知其源者金與劉通婚姻本朝改殷爲商或湯改敬爲文或苟一姓分爲二後世可通婚姻乎又不協舊音如文苟爲敬太覺踈脫蓋一時任其自改所以失之近制改匡爲康天爲軒以聲音相近爲例且從上令也政和間有營卒天安差隸陳彥以聞乃詔改之勘會到天安父尚在未聞此姓所出豈異種乎氏族之學久廢小人或妄改或相傳舛繆至於此亦不可不知也

施結太夫更鄱陽興國廬陵郡守性好蓄古今人押字押字自唐以來方有之蓋亦署名之類但草書不甚謹故或謂之草字韋陟署名五朶雲此押字所起也其後不復與名相類而陰陽家又生吉凶之論施所蓄甚多如唐末藩鎮所署極

有奇怪者跋扈之徒事事放恣本朝前輩雖官尊光謹小可以此觀人度量施盡以刻石每移徙用數人負之而行其癖如此光州馬大夫知彭州還鄉凡私居文書紙尾皆署使字押號滕州牧孫偉嘗言見太師府揭示承令寺監官兩員以上許見宰相紙尾署官字公相押號

吳處厚善屬辭知漢陽軍每謂鸚鵡洲沔鄂佳處欲賦詩未就一日視事綱吏來告覆舟吳問所在吏曰在鸚鵡堰吳對案遽唱大奇徐曰吾一年爲鸚鵡洲詩一對未得天庇汝也因得末減王梅運勾骨立有風味朋從目之爲風流骸骨崇寧癸未在金陵府集見官妓中有極瘦者府尹朱世英謂余曰亦識生色髑髏否余欣然爲王得對

元豐間御史中丞舒亶以罪除名勒停及僦客舟東歸時有詔召僧慈本住慧林許馳驛輕薄者以中丞賃航船出京和尚乘遞馬赴闕爲對以見異事

大觀間翰苑進春帖子有一學士撰詞云神祇祖考安樂之草木鳥獸裕如也以鳥獸對祖考非所宜竟以是得罪

蔡持正自左揆責知安州嘗作安陸十詩吳處厚捃摭箋注蔡坐此貶新州其詩有云睡起莞然成獨笑數聲漁笛在滄浪處厚注云未知蔡確此時獨笑何事先公帥廣崇寧元年正月遊蒲澗因越俗也見遊人簪鳳尾花作口號中一聯云孤臣正泣龍鬚草遊子空簪鳳尾花蓋以被遇先朝自傷流落後監司互論乃指此句以爲罪其誣注云契勘正月十二

日哲宗皇帝已大祥豈是孤臣正泣之時鞫獄竟無他意議曰可畏如此宣和初荆州掾見僧房有異花不知名僧云花氣酷烈不可近掾因題詩云山花紅與綠日暮顏色足無名我不識有毒君莫觸後有人譖掾於蘇漕指此詩曰湖南漕憲俱衣緋餘皆衣綠無衣紫者蘇漕最老又獨無出身數發摘官吏故掾託意山花實以嘲漕蘇大怒竟捃摭掾王介甫居金陵作謝墩詩云我公名字偶相同我屋公墩在眼中公去我來墩屬我不應墩姓尚隨公蓋晉謝安故地也謝字安石介甫名安石

蘇子瞻責黃州居州之東坡作雪堂自號東坡居士後人遂目子瞻爲東坡其地今屬佛廟子瞻元祐中知杭州築大提

西湖上呼爲蘇公堤屬吏刻石榜名世俗以富貴相高以堤音低頗爲語忌未幾子瞻遷責時元祐時孟氏作后京師衣飾畫作雙蟬目爲孟家蟬蟬有禪意久之后竟廢
元豐間詔僧慈本住慧林禪院召見賜茶以爲榮遇先公侍上見宣諭慈本云京師繁盛細民逐末朕要卿來勸人作善別無他語召詣禁中賜十字師號及御製僧惟白續燈錄敘其後賜僧楷四字禪師號楷故不受以釣名推避之際頗不恭朝廷正其罪投之遠方無他異術窮情露敎遂不振又狂逆不道伐冢誘略多出浮屠中宣和初乃譯正其敎改僧爲德士復姓氏完髮膚正冠裳盡革其故俗云
都下市井輩謂不循理者爲乖角又謂作事無據者爲沒雕

當人聲喪儀間摺發以一竿揭之名乖角衛士順天幞頭有一脚下垂者其儕呼爲雕當不知名義所起記之以俟識者

京師買妾每五千錢名一竿美者售錢三五十箇近歲貴人務以聲色爲得意妾價騰貴至五千緡不復論箇數既成券父母親屬又誅求謂之偏手錢本朝貴人家選壻於科場年擇過省士人不問陰陽吉凶及其家世謂之榜下捉壻亦有緡錢謂之繫捉錢蓋與壻爲京索之費近歲富商庸俗與厚藏者嫁女亦於榜下捉壻厚捉錢以餌士人使之俯就一壻至千餘緡既成婚其家亦索偏手錢往往計較裝橐要約束縛如訴牒如此用心何哉

萍洲可談卷一

萍洲可談卷二

廣州市舶司舊制帥臣漕使領提舉市舶事祖宗時謂之市舶使福建路泉州兩浙路明州杭州皆傍海亦有市舶司崇寧初三路各置提舉市舶官三方唯廣最盛官吏或侵漁則商人就易處故三方亦迭盛衰朝廷嘗併泉州舶船令就廣商人或不便之

廣州自小海至溽洲七百里溽洲有望舶巡檢司謂之一望稍北又有第二第三望過溽洲則滄溟矣商船去時至溽洲少需以訣然後解去謂之放洋還至溽洲則相慶賀寨兵有酒肉之饋并防護赴廣州既至泊船市舶亭下五洲巡檢司差兵監視謂之編欄凡舶至帥漕與市舶監官莅閱其貨而

征之謂之抽解以十分爲率眞珠龍腦凡細色抽一分瑇瑁蘇木凡麤色抽三分抽外官市各有差然後商人得爲已物象牙重及三十斤并乳香抽外盡官市蓋榷貨也商人有象牙稍大者必截爲三斤以下規免官市凡官市價微又準他貨與之多折閱故商人病之舶至未經抽解敢私取物貨者雖一毫皆沒其餘貨科罪有差故商人莫敢犯

廣州市舶亭枕水有海山樓正對五洲其下謂之小海中流方丈餘舶船取其水貯以過海則不壞逾此丈許取者并汲井水皆不可貯久則生蟲不知此何理也舶船去以十一月十二月就北風來以五月六月就南風船方正若一木斛非風不能動其檣植定而帆側挂以一頭就檣柱如門扇帆席

謂之加突方言也海中不唯使順風開岸就岸風皆可使唯風逆則倒退爾謂之使三面風逆風尚可用可石不行廣帥以五月祈風於豐隆神

甲令海船大者數百人小者百餘人以巨商爲綱首副綱首雜事市舶司給朱記許用笞治其徒有死亡者籍其財商人言船大人衆則敢往海外多盜賊且掠非詣其國者如詣占城或失路誤入眞臘則盡沒其船貨縛此人賣之云爾本不來此間外國雖無商稅而誅求謂之獻送不論貨物多寡一例責之故不利小船也舶船深闊各數十丈商人分占貯貨人得數尺許下以貯物夜臥其上貨多陶器大小相套無少隙地海中不畏風濤唯懼靠閣謂之凑淺則不復可脫船忽

發漏既不可入治令鬼奴持刀絮自外補之鬼奴善游入水不瞑舟師識地理夜則觀星晝則觀日陰晦觀指南針或以十丈繩鉤取海底泥嗅之便知所至海中無雨凡有雨則近山矣商人言舶船遇無風時海水如鑑舟人捕魚用大鉤如臂縛一雞鶩爲餌使大魚呑之隨其行半日方困稍近之又半日方可取忽遇風則棄或取得大魚不可食剖腹求所呑小魚可食一腹不下數十枚枚數十斤海大魚每隨舶上下凡投物無不啖舟人病者忌死於舟中往往氣未絶便卷以重席投水中欲其遽沈用數瓦罐貯水縛席間纔投入羣魚并席呑去竟不少沈有鋸鯊長百十丈鼻骨如鋸遇舶船横截斷之如拉朽爾舶行海中忽遠視枯木山積舟師疑此處

舊無山則蛟龍也乃斷髮取魚鱗骨同梜稍稍沒水中凡此皆危急多不得脫商人重番僧云度海危難禱之則見於空中無不獲濟至廣州飯僧設供謂之羅漢齋

北人過海外是歲不還者謂之住蕃諸國人至廣州是歲不歸者謂之住唐廣人舉債總一倍約舶過迴償住蕃雖十年不歸息亦不增富者乘時畜繒帛陶貨加其直與求債者計息何啻倍蓰廣州官司受理有利債負亦市舶使專敕欲其流通也

廣州蕃坊海外諸國人聚居置蕃長一人管勾蕃坊公事專切招邀蕃商入貢用蕃官爲之巾袍履笏如華人蕃人有罪詣廣州鞫實送蕃坊行遣縛之木梯上以藤杖撻之自踵至

須每藤杖三下折大杖一下蓋蕃人不衣褌袴喜地坐以杖臀爲苦反不畏杖脊徒以上罪則廣州決斷蕃人衣裝與華異飲食與華同或云其先波巡嘗事瞿曇氏受戒勿食猪肉至今蕃人但不食猪肉而已又曰汝必欲食當自殺自食意謂使其割已肉自啖至今蕃人非手刃六畜則不食若魚鱉則不問生死皆食其人手指皆帶寶石嵌以金錫視其貧富謂之指環子交阯人尤重之一環直百金最上者號猫兒眼睛乃玉石也光燄動灼正如活者究之無他異不知佩襲之意如何有摩娑石者辟藥蟲毒以爲指環遇毒則吮之立愈此固可以衛生

海南諸國各有酋長三佛齊最號大國有文書善算商人云

日月蝕亦能預知其時但華人不曉青書爾地多檀香乳香以爲華貨三佛齊舶賫乳香至中國所在市舶司以香係榷貨抽分之外盡官市近歲三佛齊國亦榷檀香令商就其國主售之直增數倍蕃民莫敢私鬻其政亦有術也是國正在海南西至大食尚遠華人詣大食至三佛齊修船轉易貨物遠賈輻湊故號最盛

廣中富人多畜鬼奴絶有力可負數百斤言語嗜慾不通性淳不逃徙亦謂之野人色黑如墨脣紅齒白髮鬈而黃有牝牡生海外諸山中食生物採得時與火食飼之累日洞泄謂之換腸緣此或病死若不死即可畜久畜能曉人言而自不能言有一種近海野人入水眼不眨謂之崑崙奴

廣州雜俗婦人强男子弱婦人十八九戴烏絲髻衣皂半臂謂之遊街背子

樂府有菩薩蠻不知何物在廣中見呼蕃婦爲菩薩蠻因識之

廣州蕃坊見蕃人賭象棊並無車馬之制只以象牙犀角沈檀香數塊於棊局上兩兩相移亦自有節度勝敗予以戲事未嘗問也

余在廣州嘗因犒設蕃人大集府中蕃長引一三佛齊人來云善誦孔雀明王經余思佛書所謂眞言者殊不可曉意其傳訛喜得爲證因令誦之其人以兩手向背倚柱而呼聲正如瓶中傾沸湯更無一聲似世傳孔雀眞言者余曰其書已

經重譯宜其不同但流俗以此書薦亡者不知中國鬼神如何曉會

南海廟前有大樹生子如冬瓜熟時解之其房如芭蕉土人呼爲波羅蜜漬之可食

英州碧落洞生鍾乳牧羊者多往焉或云羊食鍾乳間亦有全體如乳白者其肉大補羸謂之乳羊活時了不能識封之然後見極難得或一歲得一二枚郡守卽獻廣帥監司

漢以神雀改元書傳不言其狀廣南人説神雀或紅或白一羣必備五色飛集極高樹自十丈以下皆不肯棲食露吸風網罟不能及余在曹溪寺屢見之忽來倏去嘲哳似雀噪色鮮明詢諸彼人自來未嘗有捕得者

海南諸國有倒掛雀尾羽備五色狀似鸚鵡形小如雀夜則倒懸其身畜之者食以蜜漬粟米甘蔗不耐寒至中州輒以寒死尋常誤食其糞亦死元符中始有攜至都城者一雀售錢五十萬東坡梅詞云倒掛綠毛么鳳蓋此鳥也

余在廣州購得白鸚鵡譯者盛稱其能言試聽之能蕃語耳嘲哳正似鳥聲可惜枉費教習一笑而還之

南方大龜長二三尺介厚而白造玳瑁器者用以補襯名曰龜筒方諺曰龜筒夾玳瑁鬼神不曉會初時民間無用不可售後緣官市價踊貴先公帥廣內侍省牒廣州市龜筒數百斤公不報僚吏以爲言公曰吾專行之勿累爾矣卒不與市民賴以不擾

濟方中鉤藤散也本方治疫士眞讀之乃徧詢左右此何所也或言太司眞人治天下醫工時蔡元度守五羊聞之召士眞審問令幕客作記及春疫癘大作以鉤藤散治之輒愈士眞又云幼習醫至熙寧四年方用藥治病冥冥中已記錄可不慎哉

元祐間廣州蕃坊劉姓人娶宗女官至左班殿直劉死宗女無子其家爭分財產遣人撾登聞鼓院朝廷方悟宗女嫁夷部因禁止三代須一代有官乃得取宗女

鄒浩志完以言事得罪貶新州媒孽者久猶不已元符二年冬有旨付廣東提刑鍾正甫就新州鞫問志完事不下司是時鍾挈家在廣州觀上元燈得旨即行漕帥方宴集怪其不

至而已乘傳出關矣衆愕然鍾馳至新召志完拘之浴室適泰陵遺詔至鍾號泣啓封志完居暗室不自意得全又聞使者哭泣罔測其事意甚隕穫良久鍾遣介傳語止言爲國恤不及獻茶且請歸宅志完亦泣而出其後東坡聞之戲云此茶不煩見示

東坡元豐間知湖州言者以其誹謗時政必致死地御史臺遣就任攝之吏部差朝士皇甫朝光管押東坡方視事數吏直入上廳事捽其袂曰御史中丞召東坡錯愕而起即步出郡署門家人號泣出隨之弟轍適在郡相逐行及西門不得與訣東坡但呼子由以妻子累爾郡人爲之泣涕下獄即問五代有無誓書鐵券蓋死囚則如此他罪止問三代東坡爲

一詩付獄吏他日寄子由其詩曰聖主如天萬物春小臣愚暗自亡身百年未滿先償債十口無歸更累人是處青山可埋骨他時夜雨獨傷神與君世世爲兄弟更結來生未了因獄吏憐之頗寬其苦楚獄成神考薄其罪止責散官安置黄州元祐中復起爲兩制用事紹聖初貶惠州再竄儋耳元符末放還與子過乘月自瓊州渡海而北風靜波平東坡叩舷而歌過困不得寢甚苦之率爾曰大人賞此不已寧當再過一巡東坡矍然就寢余在南海逢東坡北歸氣貌不衰笑語滑稽無窮視面多土色靨耳不潤澤別去數月僅及陽羨而卒東坡固有以處憂患但瘴霧之毒非所能堪爾

孫權破曹操於赤壁今沔鄂間皆有之黄州徙治黄岡俯大

江與武昌縣相對州治之西距江名赤鼻磯俗呼鼻爲弼後人往往以此爲赤壁武昌寒溪正孫氏故宮東坡詞有人道是周郎赤壁之句指赤鼻磯也坡非不知自有赤壁故言人道是者以明俗記爾

東坡在黃州手作菜羹號爲東坡羹自敘其制度好事者珍奇之

宮殿置鴟吻臣庶不敢用故作獸頭代之或云以禳火災今光州界人家屋皆獸頭黃州界惟官舍神廟用之私居不用云恐招回祿之禍相去百里風俗便不同

三月上巳祓禊其來亦遠寒食禁火主介子推河東之俗也

江浙民間多競渡亦有龍舟率用五月五日主屈原湘楚之

俗也二者皆尚賢而末流則害教晉人寒食病老幼楚人競渡致鬬訟

忠潔侯者屈原也大觀間議開直河省洞庭迂險使者沈延嗣總其事辟屬官有勾當公事盧供奉過湖溺死或傳旁舟見鬼物出波間云吾血食此若由直河則將安仰余以忠潔侯當無此言儻以其興不可成之功徒殫民力則斃之亦三閭遺意也

余客沔鄂聞人說張乖崖初爲崇陽令至今血食父老猶能道其政事嘗逢村民市菜一束出郭門問之則近郊農家乖崖笞之四十曰爾有地而市菜惰農也崇陽民聞之相尚力田乖崖一日遣吏盡伐民間茶園諭令更種桑柘民失茶利

甚困然素畏服其政令不敢慢乖崖代去數年會朝廷更榷法園戶納茶租錢崇陽獨無茶園免輸邑去郡四百里不通舟楫歲輸一夫負米至郡每斛率得六七斗富者租百斛甚爲勞費乖崖使三司建言高原縣分苗米折納絹崇陽民遂得輕齎而先植桑柘已成蠶絲之利甲於東南迄今尤盛

黃州董助教甚富大觀乙丑歲歉董爲飯以食饑者又爲糗餌與小兒輩方羅列分俵饑人如牆而進不復可制董仆於地頗被毆踐家人咸咎之董畧不介意翌日又爲具但設闌楯以序進退或時紛然迄百餘日無倦也黃岡村民閭邱十五多積穀每幸凶歲卽騰價糶民苦之老年病且亟不復飲食但餐羊屎家人憐之以米餌作羊屎給之入手便擲去唯

食貢者此蚩氓媚佛多施廬山僧供積亦內懼禍至冀事佛少追責此尤不可也黃岡民丁生微稍稍有生事性桀黠遂致富創買田宅治井得片石膚脈成字如其姓名丁郎模刻令工人作碑記實未幾病死家旋破余售之今萍洲是也田廬似是前定當有以受之不爾未見能享者

黃魯直再謫黔中泊舟武昌初和甫追餞之相與處舟中岸市危坐魯直側席意甚恭猶子無咎與黃士潘觀來不知其爲初和甫忽詈之潘黃正論本草反覆良久魯直曰吾姪前識初和甫否二人縮舌汗背

漢威令行於西北故西北呼中國爲漢唐威令行於東南故蠻夷呼中國爲唐崇寧間臣僚上言邊俗指中國爲唐漢形

於文書乞並改爲宋謂如用唐裴漢法之類詔從之余竊謂未宜不若改作華字八荒之內莫不臣妾特有中外之異爾

遼人嗜學中國先朝建天章龍圖閣以藏祖宗制作置待制學士以寵儒官遼亦立乾文閣置待制學士以命其臣典章文物倣傚甚多政和壬辰朝廷得元圭肆赦是冬遼亦稱得孔子履赦管內

先公言使北時見北使耶律家車馬來迓氊車中有婦人面塗深黃紅眉黑吻謂之佛妝

北地產鹿有倍大於中國者鹿角近根實處刻以爲環肉好相半內虛可貯物謂之鹿頂合

京師置都亭驛待遼人都亭西驛待夏人同文館待高麗懷

遠驛待南蠻元豐待高麗人最厚沿路亭傳皆名高麗亭高麗人泛海而至明州則由二浙遡汴至都下謂之南路或至密州則由京東陸行至京師謂之東路二路亭傳一新常由南路未有由東路者高麗人便於舟楫多齎輜重故爾

高句驪古箕子之國雖夷人能文先公守潤得其使先狀云遠離桑域近次蔗封蓋取食蔗漸入佳境之義崇寧中遣使賀天寧節表有艮月就盈之句蓋謂十月十日其屬辭如此

高麗人嘗在常州買民間養鴿放之鴿識家飛去常人唯恐不售使還又託生辰買鴿放生人家爭出鴿既售卽籠入舟中去更數日方生辰遂載行反以爲得計

九江之下貴池口屬池州九江之上富池口屬興國軍富池

口有吳將甘寧廟案吳志甘寧死於當口或疑其富池口也
又恐自有當口寧傳云爲西陵太守以陽新下雉爲奉邑今
永興縣有陽新里下雉村蓋寧故國廟碑刻甚多並無說此
者

東海神廟在萊州府東門外十五里下瞰海咫尺東望芙蓉
島水約四十里島之西水色白東則色碧與天接島上有神
廟一茅屋漁者至彼則還屋中有米數斛凡漁人阻風則宿
島上取米以爲糧得歸便載米償之不敢欺一粒稍北與北
蕃界相望漁人云天晴時夜見北人舉火度之亦不甚遠一
在蓬萊閣西後枕溟海

先公守東萊派買上供綿十萬兩諸邑請重禁私市公曰如

是將擾而不能辦問市價幾錢曰每兩百錢公命增二十委掖令田垺莅之如私市貯鏹邑門不問多少隨手交易十餘日四鄉趨利而來遂足所售數或謂價外增直恐虧有司公曰朝廷平價和市之意正如此

崇寧初行當十大錢秤重三小錢後以幣輕物重令東南改爲當五錢於東北私鑄盜販不可禁乃一切改爲當三輕重適平然後定是時内帑藏錢無算折閲萬億計京師一旦自凌晨數騎走出東華門傳呼里巷當十改爲當三頃刻遍知故凡富人無所措手開封府得旨民間質庫限五日作當十贖質細民奔趨走利質者不堪命稍或擁遏有司即以重刑加之有巨豪善計者至官限滿自展五日依舊作當十贖質

大榜其門朝廷聞而錄賞之余族父炳居湖州儀鳳橋西常貯數百緡錢以射利會當十法變子弟先得消息請速以錢易他貨族父笑而不答良久云錢遂不可用耶子弟曰然族父曰我不用他人亦不可用又何爲旣失此後稍不給終不少悔

州郡承唐衰藩鎮之弊頗或僭擬衙皂有子城使軍中使教練使等號近制始革夫先公知潤州值衙校轉資用黃紙寫牒公大驚吏白舊例其間盡準敕條通判州事慎宗傑以爲無害公曰豈有庶官而敢押黃紙耶自後改用白紙故事中書門下侍郎宰相押黃後省官皆押紙背愼在常調未嘗如此

陽翟田望勤於筆牘亦善其事日發數十函不倦由此自出官移令改秩出常調皆自致也一書用好紙數十幅近年紙價高田俸入盡索於此親朋間目之爲紙進納蓋納粟得官號進納故以名之

近年拳石之貴其直不可數計太平人郭祥正舊蓄一石廣尺餘宛然生九峯下有如巖谷者東坡目爲壺中九華因此價重聞今已在御前東坡集中載怪石云謫居黄時所得余寓居其地屋後有山名破湖山乃此石所出處也每年潦水退細民往求之五色瑩徹中有纏絲者可琢爲環珥玩飾常苦其細置斛中漬水養菖蒲不適他用

劉鋹好治宫室欲購怪石乃令國中以石贖罪富人犯法者

航海於二淛買石輸之今城西故苑藥洲有九石皆高數丈號九曜石

端州石在深谷中細而潤初爲官封之已難得後興慶建軍以王地禁採石不復可得石上有鸜鵒眼宛若生者量多而靑綠爲貴磨礱終不可去俗傳透石涎也端硯藏久無不甎者以石潤久亦乾故不平如溼不乾則不平

造筆用兔毫最佳好事者用栗鼠鬚或猩猩毛以爲奇然不若兔毫便於書也廣南無兔用雞毛雞毛匾不可書代價而已近世筆工宣州諸葛氏常州許氏皆世其家安陸成安遊弋陽李展之徒尚多馳名於時宣人善治管竹瑩潔可愛亦有以葦爲管者貴其輕高麗使過常州市筆諸許待其解舟

卽急售之半無毛頭以爲得計

葉濤好奕棊介甫作詩切責之終不肯已奕者多廢事不論貴賤嗜之率皆失業故人目棊枰爲木野狐言其媚惑人如狐也

自崇寧復榷茶法制日嚴私販者因以抵罪而商賈官券請納有限道路有程纖悉不如令則被繫斷罪或沒貨出告緡愚者往往不免其儕乃目茶籠爲草大蟲言其傷人如虎也

江西瑞州府黃蘗茶號絕品士大夫頗以相餉所產甚微寺僧園戶競取他山茶冒其名以眩好事者黃魯直家正在雙井其自言如此

陳州芍藥花殊勝近歲進花自陳三百里一日一夜馳至都

下其法初翦花時用蜜漬蒲黃醮其蒼微曝之俟花嫣乃入筒中取時刈去所封蒲黃布逕地上一兩時頃拼繩以花倒懸之眞如新採者

撫州蓮花紗都人以爲暑衣甚珍重蓮花寺尼凡四院造此紗撚織之妙外人不可傳一歲每院纔織近百端市供尚局并數當路計之已不足用寺外人家織者甚多往往取以充數都人買者亦自能別寺外紗其價減寺內紗什二三

兩川冶金沿溪取沙以木槃淘得之甚微且費力登萊金坑戶止用大木鋸剖之留刃痕投沙其上泛以水沙去金著鋸紋中甚易得元祐中萊州城東劉姓塋地金苗生官莅取焉乃發墓凡磚瓦間皆金色也劉葬纔十數年不知氣脈蒸陶

如此之速累月取盡地爲深穴得金萬億計自官抽官市匠吏窺竊外劉所得十二三焉京東諸郡之錢盡夯與劉氏劉氏乃一村氓不分菽麥者得錢無所用往來諸郡恍忽醉飽歲餘亦死錢竟没官劉世遂絶

崇寧間鄧州南陽縣村民發古塚縣尉王儼蒞掩之王爲余言其詳云壙中有二瓦棺已碎其左者購得一銅印方寸許篆文甚古識之者云溫不禁印時方競訪古器節爲中貴人取去余知溫何代人也仲父久中尚奇每倣古物立怪名以紿流俗盧於先塋下山多巖谷乃披荆棘求其壯觀者刻取前人題署姓名年號皆詭異既不可據眞見戲爾前人所居與其器用後世所以愛慕之者思其人焉其人無可思而寶

其物與地者蔽也夫冥器兒戲又烏足以爲君子之雅好也歟

中官宋用臣熙寧間備任使以敏練稱上意性極精巧元祐時責官舒州州將作樂鼓甚巨飾以金彩旣成其旁一環脚斷欲剖之惜工費宋乃獻計爲環其下作鎖鬚狀以鐵固鼓腹之竅使甚隘即釘環入竅中旣入鎖鬚張遂不復脫事多似此

東南謂烏啼爲凶鵲噪爲吉故或呼爲喜鵲頃在山東見人聞鵲噪則唾之烏啼卻以爲喜不知風俗所見如何

姚祐自言嘗任澤州邑尉郡當太行之喉官吏有未嘗到處郡將以虎患遣尉祠之乃在山巔姚往宿山下見居民環屋

埋巨木云以拒虎稍晚虎出數十爲羣首尾相銜睥睨廬舍人畜俱股栗且起登山姚披練推挽而上至絶頂得板屋有石刻姚致祭摹墨本以歸

溱州有虎穴凡十里許修谷茂叢斑斕旁午南北路口行者相集而度否則遇害荆州孫偉奇甫刺溱親爲予道其詳夫帀朝固有此地人或忽之致禍可不愼哉

徽宗大觀間京東路民家有牛生麒麟村人不識以爲怪擊殺之有司旣聞驗問眞瑞物也乃上奏因圖其形下諸路俾民間預識其狀或有生者卽重賞購之

元祐間有攜海魚至京師者謂之海哥都人競觀其人以檻眞魚得金錢則呼魚應聲而出日獲無算貴人家傳召不少

暇一日至州北李駙馬園放入池中呼之不復出設網罟百計竟失之李園池沼雄勝或云三殿幸其第愛賞以爲披香太液所不及海哥蓋海豹也有斑文如豹而無尾凡四足前二足如手後二足與尾相紐如一登萊傍海甚多其皮染綠可作鞍韉當時都下以爲珍怪蠢然一物了無他能貴人千金求一視唯恐後豈適丁其時乎

沈遘知杭州號神明之政吏不能欺嘗以西湖爲放生池禁捕魚人無敢取蛙蚓者

九宫山有金星銀星鱓不居水中鑿山者於堅土內得之懸暴乾久不壞其背金銀星宛如一具秤斤兩稀密無纖毫差秤星十五斤鱓背星二十斤枚枚如此土人收以治風氣病

火

孫叔敖殺枳蛇蓋兩首蛇也江南山中蛇兩端皆有頭口目全其行相牽挽腹紅背黑長大率如箸相傳是老蚓兩口無舌不見其開張正一大蚓爾恐叔敖所見不如此或云枳蛇一頭兩首故怪

萍洲可談卷二

萍洲可談卷三

先公在講筵聞神考言熊本表章用印端謹朱色鮮明前後無小異由此受知遂擢用至兩制近世長吏生日寮佐畫壽星爲獻例只受文字其畫却回但爲禮數而已王安禮自執政出知舒州生日屬吏爲壽或無壽星畫者但用他畫軸紅繡囊緘之必謂退回王忽令盡啓封掛畫於廳事標所獻人名銜於其下良久引客爇香共相瞻禮其間無壽星者或用佛像或用神鬼唯一兵官所獻乃崔白畫二猫既至前慚懼失措或云時有囊緘墓銘者吏不敢展此尤失獻芹之意小節不可不戒古人不欺幽隱正謂此類

滕宗閔知楚州有監司過境本州送酒食書有臣名即上聞

既鞫獄乃書吏誤用賀月日表無他意勝坐送吏部監當蓋知州細銜字多書欲謹吏每患難寫乘暇用紙寫前後銜謂之空頭表牋用之固已不虔向宗傳爲興國軍判官託士人作與漕使小簡用金口清光俞允等字漕使舉行取勘宛轉自解僅免士人於書尺多不識體要往往誤人宜謹用自不能識者不若不發書

熙寧中有常州太守召赴闕其人頗熟時事將有陳述所主亦大臣中有力者或云介甫當無不稱上意既陛見上首問錫山去郡幾遠既非素備了不能對蓋常州無錫縣錫山俗呼惠山不以圖經故不知也上因顧近臣曰作守臣而不知境內山川其爲政可料即罷去竟不曾開陳一言

楊傑次公留心釋教嘗上殿神考頗問佛法大概楊並不詳答云佛法實亦助吾教既歸人咸咎之或責以聖主難遇次公平生所學如此乃唯唯何耶楊曰朝廷端慎明辯吾懼度作導師不敢妄對

青州王大夫嘗守舒丹二州爲詩極鄙俚每投獻當路得之者留以爲笑具季父爲青掾王亦與一軸詩他日季父見其子乃謝之其子曰大人九伯亂道玷瀆高明蓋俗謂神氣不足者爲九伯豈以一千則足數耶余中表任朝議大夫以八表赦恩轉中奉大夫其子對賀客則曰大人轉此一官方始濟事將來有遺表恩澤此二事非爲善謔所以開悟爲人子者

司馬溫公閒居西京一日令老兵賣所乘馬囑云此馬夏月有肺病若售者先語之老兵竊笑其拙不知其用心也

富鄭公致政歸西都嘗著布直裰跨驢出郊逢水南巡檢蓋中官也威儀呵引甚盛前卒呵騎者下公舉鞭促驢卒聲愈厲又唱言不肯下驢則請官位公舉鞭稱名曰弼卒不曉所謂白其將曰前有一人騎驢衝節請官位不得口稱弼將方悟曰乃相公也下馬執銳伏謁道左其候贊曰水南巡檢唱喏公舉鞭去

世傳杜祁公罷相歸鄉里不事冠帶一日在河南府客次道帽深衣坐席末會府尹出衙皂不識其故相有本路運勾至年少貴遊子弟怪祁公不起揖厲聲問足下前任甚處祁公

曰同中書門下平章事客次與坐席間固不能遍識常宜自處卑下最不可妄談事及呼人姓名恐對人子弟道其父兄名及所短者或其親知必貽怨招禍俗謂口快乃是大病

王荊公退居金陵結茅鍾山下策杖入村落有老氓張姓最稔熟公每步至其門即呼張公張應聲呼相公一日公忽大咍曰我作宰相許時止與汝一字不同耳

駙馬都尉李端愿居戚里最號恭慎既失明猶戒勵子弟故終身無過時京師競傳州西二郎廟出聖水治病輒愈李素不事鬼神一日其子舍有病稚家人竊往請水李聞大怒即杖其子且云使爾子果死二郎豈肯受枉法贓故活之耶若不能活又何求

張昇杲卿自樞府乞骸除侍中河陽三城節度使致仕幅巾還第出居陽翟時時來洛中遊嵩少頗接方外人絕口不掛時事有道人者善談虛無杲卿雅愛之一日偕遊少室山中左右從者十餘人至大松樹下杲卿坐石上道人探懷出小囊茗屑汲澗泉折枯松煮之杲卿一盃道人即以餘瀝分飲從者既渴人競啜少許已而皆僵仆蓋茗中寘毒藥故以困人唯道人與杲卿飲者無害爾道人乃前白曰欲告侍中求隨行金銀器往鄉市藥即斂入布囊中杲卿四顧左右皆被毒莫能興因大笑遣之攜去至困者醒藥力漸消始能行僅至山下投宿民家翼日歸乃戒子弟慎交遊

先公在紹聖初識孟在蓋皇后父也時泰陵未有嗣常因景

陵宫行香諸人聚首孟在忽太息或詢其故孟曰中宫壽月滿璧一皇嗣乃誕公主先公歸語所親曰孟在非長守富貴者也果如言后竟廢

沈起待制諸子有見荆公者頗喜之許以薦擢一日沈盛飾出遊過相府公聞其在門呼入與共匕箸先令褫帶沈辭不得已公以手褰沈所衣眞珠繡直繫連稱好好自後不得復見坐此沈廢政和中臺章言一朝士有涇活居士之目謂飲不擇酒内不擇人此數事平時人所易犯一被指斥則莫脫故舉以爲少俊之戒

張昇杲卿微時與程戡俱下第槖盡步出南薰門至朱仙鎮是日立春就肆買食共探懷得數十錢僅能買湯餅無錢致

內也相與摘槐芽薦食而去後俱在政府遇立春日程邀杲卿開宴水陸畢陳艷妾環侍程有驕色杲卿從容話舊及朱仙槐角事程愧其左右面頳舌咋終無歡而罷杲卿歸語其內曰程三其斃乎器盈於此矣未幾果罷執政

先公以慶歷戊子八月十日生十八歲請解於廣文館嘗至汴河上聞瞽者張聽聲知禍福公叩焉纔聲欬張即曰吾故人也二十年不相遇公竊笑其誕再詢知鄉里便曰豈朱秘丞郎君乎公愕然張曰慶歷八年重陽日蒙秘丞置酒次日詣謝聞公誕彌月又得預慶宴秘丞令視公彼時愛此聲每不忘屈指曰十七年矣因道公此舉未及第後六年當魁天下皆如其言至今汴河岸常有張聽聲蓋襲其名也

余幼時隨母氏在常州時見錢秀才開圖書知人三世姓男子知婦姓女子知夫姓無不驗吾家之姊長適吳氏次適沈氏錢閱書皆言夫姓吳當時怪其差繆後數年沈姊離婚歸宗嫁吳竟夫不知圖書何爲而億中乃爾生齒浩繁豈此數帙文字所能該括

熙寧間蜀中日者費老筮易以丹青寓吉凶在十二辰則畫鼠爲子畫馬爲午各從其屬畫牛作二尾則爲失畫犬作二口爲哭畫十有一口則爲吉其類不一謂之卦影亦有繇詞以相發明其書曰軌革費老筮之無不驗其後轉相祖述不知消息盈虛者往往冒行此術蓋中一否未可知也求筮者得幅紙畫人物莫測吉凶待其相符然後以爲妙下以決疑而

轉生疑非先王命卜之意也其畫人物不常鳥或四足獸或兩翼人或儒冠而僧衣故爲怪以見象朝士米芾好怪常戴俗帽衣深衣而躡朝靴紺緣纈朋從目爲活卦影又開封李昂作卦影自云能識倚伏每筮得象則說諭人亦有理趣余目擊一事嘗有一卒持百錢來筮昂探蓍布卦即畫人裹巾半衣白半衣綠以杖荷二婦人頭昂曰卜者士人半衣白似無官半衣綠似有官半綠似無出身半白又似有出身荷二婦人頭兩頭陰以爲貴人之首云後詢知卜者何大正也何以布衣上書言元祐皇后稱旨得官後又言元符皇后忤旨失官卜時方被罪昂術精妙余每求筮或中或否不能盡如此或言日者占筮繫其窮通所謂術果如何哉

文潞公在貝州時有黃琠者爲公筵用一幅大綾寫九十二歲善終六字藏於家考公自二十八歲作兩制知成都四十二歲平貝州賊作宰相凡五十餘年平日未嘗降官雖贖銅罰俸亦無元祐初平章軍國重事久之以太師河東節度使侍中居西京紹聖元年公九十二歲坐異意降太子少保河南府差通判來取節鉞月餘終

何執中第五微時從人筮窮達其人云公不第五否何曰然其人拊掌大笑連稱奇絶因云公凡遇五即有喜慶何以熙寧五年鄉薦余中榜第五人及第五十五歲隨龍崇寧五年作宰相每遷官或生子非五年即五月或五日其驗如此

湖州戚山嘉祐末夢人書玉旁頁字示之云御名此汝及第

時戚多與親舊道之治平登極而御名不如所夢戚謂無驗不數年神考龍飛正協其字鄉人素聞其詳尤以爲神是舉不預薦方歎惋忽有旨展年免解湖州惟戚山一名預免來年遂過省登第

常州李充元豐間在太學夢裸身見舒亶時舒主學李意裸身有脫白之兆甚喜後太學賄獄起事連諸生李亦繫御史臺舒爲中丞夜閱囚李正裸身對之因悟前夢

蔡元度子仍悟前身是潤州丹陽王家兒訪之果然妻子尚在來見之相語如昔至八九歲漸熟世境旋忘前事雍邱李三禮生女小師數歲則曰我是黃州黃陂典吏（刊本作史）雷澤男享甫年十七歲病瘠卒雍邱牛商多在黃陂尋問如合符契

他日雷澤往視小師一見便呼爲父政和八年小師來黄陂抱其舊母號泣又數與邑人說其平昔皆驗

王震子發平時人相之云五十歲水厄紹聖二年責知袁州五十歲矣畏水厄乃陸行至蘄水疽發項上不可救遂卒豈所謂水厄者厄於蘄水耶

湖州安吉朱齋郎昔遊池州齊山張道人與之一幅白紙令尋青眉子云刺墨爲眉多作丐者朱他日在鄉閭見羣丐中有刺青眉者因叩之青眉初詬罵洎朱轉與張所寄紙卽笑曰張老無恙乎先是涎唾被面一窮丐耳既笑天眞粲然塵不可掩宛若貴人良久謂朱曰汝無仙骨又家富黄白術不足以相累有小技可以安樂終天年卽授之而去朱自爾大

能飲啖凡四十年無老態崇寧乙酉朱病攣舟入吳興將見劉燾會劉往西安不能俟亟呼季父翼中傳其術語竟引舟歸季父素病由是康健不知所謂術者何如也

撫州饒珙未第時遇浮屠子語之曰公他日名位全如今泗州崔判官饒未之信後四十年以朝請郎通判潤州正先公作守時也到官歲餘因治廳事得通判題名石刻見崔判官姓名注云司封員外郎某年月日到罷饒欣然記前言乃求得老吏詢崔罷去後事乃云得替至揚州不諱饒心動即上致仕狀先公聞之力勸止然卒不免

熙寧初凌運勾權知桂陽監坐失入死罪廢黜初桂陽一僧攜二徒遊廬山數歲獨其徒歸頗有金帛日從博飲僧之姊

訟於官執其徒鞫問具得僧度牒衣鉢其徒云未至桂陽三十里江岸大石洞憩其旁石忽開有老人召僧入石復合至暮候之不出遂歸獄中大笑其誕峻治竟伏辜二徒皆坐斬數月僧至桂陽徒家訴冤官吏由是抵罪問僧果入石壁中見老人語良久從地戶出乃在鼎州桃源僧乞食緩行還鄉事有如此者至今桂陽監現有案牘

古傳劍俠甚著近世寂不聞先令人嘗言常州張大卿一事疑其劍俠也云張買得婢年三十餘雖不艷麗風骨語論非凡物也自挈一柳箱緘固每戒人勿發尋常十數日則失之夜半後復從天窗中來張心異之不敢詰歲餘生一女子張意稠繆俟其去乃發箱視之中藏一短劍及皂半臂無他物

纔歸已覺大怒曰奈何不聽吾言取半臂披之揮劍斷其女頭倏然飛去張急挽已失所在至今張氏祀於家祠柳箱存焉

古傳紫姑神近世尤甚宣和初禁之乃絶嘗覩其下神用兩手扶一筲箕頭插一箸畫灰盤作字加筆於箸上則能寫紙與人應答自稱蓬萊大仙多女子也有名字伯仲作文可觀着棊則人無能敵者余寓南海有一假儒衣冠者能迎致其神在書室中和余詩云古書讀盡到今書不獨才餘力有餘自是丹山眞鳳子太平呈瑞只須臾其人自不能文疑有神助然不識字人致之則不能書但以箸宛轉畫灰盤爾此何理也

江南俗事神其巫不一有號香神者祠星辰不用葷有號司徒神者仙帝神者用牲皆以酒爲酹名稱甚多嘗於神堂中見仙帝神名位有柴帝郭帝石帝劉帝之號蓋五代周晉漢也不知何故祀之祀詞並無義理又以傀儡戲樂神用禳官事呼爲弄戲遇有繫者則許戲幾棚至賽時張樂弄傀儡初用楮錢爇香啟禱猶如祠神至弄戲則穢談羣笑無所不至鄉人聚觀飲酒醉又毆擊往往因此又致訟繫許賽無已時

張昇侍中初監榷務相傳廳事有鬼物官吏不敢宿直舍張至獨寢廳上夜半後有物捫其足如冰冷須臾自足而上循至項復下如此再四張閉目引手持之乃一毛臂甚巨不敢視其狀但堅持之聞雞唱忽作人語初甚厲已而漸遜且言

公官至侍中語泄天機自有陰禍幸舍我張皆不恤漸覺手中消鑠至曉都盡怪遂絶張每戒人云夜中但不開目便不怖畏仲姊之夫先爲張壻親爲余言不妄

熙寧癸丑先公登第天子擢居第一爲權臣所軋故居第二大父頗不平湖州道場山有老僧爲大父言此非人事道場山在州南離方文筆山也低於他州故未有魁天下者僧乃丐緣卽山背建浮屠望之如卓一筆旣成語人曰三十年出狀元大觀賈安宅政和莫儔相繼爲廷試魁此吾家事非誕也

瓊管四郡在海島上士人未嘗有登第者東坡責儋耳與瓊人姜唐佐遊喜其好學與一聯詩云滄海何嘗斷地脈白袍

端合破天荒東坡語姜云俟他日有驗續成篇崇寧興學不冒海隅四郡士人亦向進雖墾闢已久恐鹵瘠終無嘉穀爾

常州諸胡余外氏自武平使樞密宗愈繼執政宗回宗師宗炎奕修皆兩制宗質四子同時作監司家貲又高東南號富貴胡家相傳祖塋三女山尤美甚利子壻余母氏乃尊行如渭陽諸壻錢昂黃輔國李詩柳廷俊張巨陳舉蔣存誠皆爲顯官餘無不出常調呂吉甫太尉自言其家不利女壻不唯碌碌無用如長倩余中成婚二十餘年元祐初覬望朝廷上疏乞誅呂吉甫謝天下後竟離婚亦云祖塋三女山風水相刑也余表姪李熙輅狂生登第吉甫以孫女妻之自延安帥遣人納吉禮貌甚盛熙輅在京師忽詣開封府投牒願離婚

蔡元長尹京鶩問所以並無違律及不爭財物熙暇但言平生不喜與福建子交涉元長怒叱出卒成婚其時人謂呂家風水已應中州人每爲閩人所窘目爲福建子畏而憎之之辭吉甫元長皆閩人故熙暇戲之耳

大父居湖州城西繞宅爲園植果有一李樹實佳家有姑自幼時愛食因占護每李熟他人莫敢採家人號爲大姑李傳其種於外後數十年諸父貧不能有祖構而姑所嫁丁維爲中大夫典郡且富遂售其地建宅大姑尚無恙竟得舊李

王荆公妻越國吳夫人性好潔成疾公任眞率每不相合自江寧乞骸歸私第有官藤牀吳假用未還吏來索左右莫敢言公一日跣而登牀偃仰良久吳望見即命送還

荆公吳夫人有潔疾其意不獨恐汚已亦恐汚人長女之出省之於江寧夫人欣然裂綺縠製衣將贈其甥皆珍異也忽有猫臥衣笥中夫人即叱婢揭衣置浴室下終不肯與人竟腐敗無敢取者余大父至貧掛冠月俸折支得壓酒囊諸子幼時用爲壓衣先公痛念茲事既顯盡以月俸頒昆弟宗族終身不自名一錢諸父仰祿以活不治生事晚年遷謫族人失俸大有狼狽者五叔父遂不聊生余竊謂使荆公與大父易地吳夫人安得此疾

世傳婦人有產鬼形者不能執而殺之則飛去夜復歸就乳多瘁其母俗呼爲旱魃亦分男女女魃竊其家物以出兒魃竊外物以歸初虞世和甫名士善醫公卿爭邀致而性不可

馴狎往往尤急於權貴每貴人求治病則重誅求之至於不可堪所得賂旋以施貧者最愛山谷黃廷堅嘗言山谷孝於親吾愛重之每得佳墨精楮奇玩必歸山谷山谷嘗語朝士初和甫於余正是一兒旱魃時坐中有素厭苦和甫者卒爾對曰到吾家便是女旱魃

崇寧鑄九鼎帝鼐居中八鼎各鎮一隅是時行當十錢蘇州無賴子弟冒法盜鑄會浙中大水伶人對御作俳今歲東南大水乞遣彤鼎往鎮蘇州或作鼎神附奏云不願前去恐一例鑄作當十錢朝廷因治章綖之獄

伶人丁先現者在教坊數十年每對御作俳頗議正時事嘗在朝門與士大夫語曰先現衰老無補朝廷也聞者哂之

王德用爲使相黑色俗號黑相嘗與北使伴射使已中的黑相取箭鏃頭一發破前矢俗號劈筈箭姚麟亦善射爲殿帥十年伴射常蒙獎賜崇寧初王恩以遭遇處位殿帥不習弓矢歲歲以伴射爲窘伶人對御作俳先一人持一矢入曰黑相劈筈箭售錢三百萬又一人持大矢入曰老姚射不輸箭售錢三百萬後二人挽箭一車入曰車箭都賣一錢或問是何人家箭價賤如此答曰王恩不及垛箭

楊鼎臣大夫嘗爲余言紹聖間在成都見提舉茶馬官以課羨賜五品衣魚府中開宴俳優口號有茶牙人賜緋之句當時頗怒其妄發亦笞之小人中有冷眼最不可欺元符末廣帥柯述除直龍圖閣移知福州訓詞有云延閣以待該博之

士儻踐歷中外厥有成績者亦以命之初無文采頗不堪此
亦字

熙寧間王介甫行新法欲用人材或以選人爲監司趙濟劉
誼皆雒州防禦推官提舉常平等事薦所部官改官而舉將
自未改官蓋用才不限資格又不欲便授品秩且惜名器也
其時多引人上殿令人對上作俳跨驢直登軒陛左右止之
其人曰將謂有脚者盡上得薦者少沮

文及甫潞公子也二十八歲以直龍圖閣知陝州士論少之
郡僚戲云本州公筵客將司奉台旨喫炒剁當時傳以爲笑

錢遹田家子高科膴仕性甚魯每遇失汗則負重走齋中汗
出乃蘇旣爲禁從猶如此或取十餘千錢就帳内荷之以作

力諸方不載此法但人生惡安逸喜勞動惜乎非中庸也輕薄子以爲此出汗方編入御藥院可一笑故記之

元祐間有大臣不欲書名氏父嘗貶死朱崖寓柩不歸既貴自過海迎取已更數十年無識之者於僧房中隨挈一具歸與其母合葬後競傳誤取僧骨來紹聖初言者欲萋斐以無驗不敢累

杭州繁華部使者多在州置司各有公帑州倅二員都廳公事分委諸曹倅號無事日陪使府外臺宴飲東坡倅杭不勝杯酌諸公欽其才望朝夕聚首疲於應接乃號杭倅爲酒食地獄後袁轂倅杭適與郡將不協諸人緣此亦相疏袁語所親曰酒食地獄正值獄空傳以爲笑

蘇州李章以口舌爲生計介甫集有李章下第詩亦才子也常游湖州人皆厭其乞索曾詣富人曹監簿家曹方剖嘉魚聞其來遽匿魚出對之章已入耳目既坐曹與論文不及他事𥁕其速去談及介甫字說章因言世俗訛謬用字如本鄉蘇州篆文魚在禾右隸書魚在禾左不知何等小子移過此魚曹拊掌共匕箸

昔有郭巨公進建第落成日設諸匠列坐於子弟右或以爲不可巨公指諸匠曰此造屋者又指其子弟曰此賣屋者固自有序識者以爲名言可爲破家子戒

常州蘇掖仕至監司家富甚嗇每置產吝不與直爭一錢至失色尤喜乘人窘急時以微貲取奇貨嘗買別墅與售者反

覆甚苦其子在旁曰大人可少增金我輩他日責之亦得善價也父愕然自是少悟士大夫競傳其語

錢塘郎忠厚遊當塗諸公間頗稔熟好敘親舊見勢位無不納拜者至人失勢則相疎時人目之爲富貴親情

潤州一監征與務胥盜官錢皆藏之胥家約曰官滿分以裝我胥僞諾之既代去卒不與一錢監征不敢索悒悒渡揚子江竟卒於維揚胥得全賄遂富告歸治田宅是年妻孕如見監征褰幃而入即誕子甚慧長喜書胥使之就學二十歲登第胥大喜讌饗其產挈家至京師爲桂玉費其子調官南下已囊乏至維揚病亡胥無所歸貧索無聊悔悟而卒

趙廷臣故渝州洞蠻與諸酋約降朝廷至洞趙乃率諸酋殺

之揚言衆叛掩以爲己功又盡得其財物故廷臣世貴高蓋
仕被擢用生子諗少年及第幾爲殿魁未三十歲陞朝爲國
子博士忽以狂逆伏法廷臣自河東提刑配瓊州母妻妹分
配嶺外家貲沒官識者謂諗等乃諸洞酋後身
沈括存中入翰苑出諫垣爲聞人晚娶張氏悍虐存中不能
制時被箠罵捽鬚墮地兒女號泣而拾之鬚上有血肉者又
相與號慟張終不恕余仲姊嫁其子清直張出也存中長子
博毅前妻兒張逐出之存中時往賙給張知輒怒因誣長子
凶逆暗昧事存中責安置秀州張時時步入府中訴其夫子
家人輩徒跣從勸於道先公聞之頗憐仲姊乃奪之歸宗存
中投閑十餘年紹聖初復官領宮祠張忽病死人皆爲存中

貿而存中恍惚不安船過揚子江遂欲投水左右挽持之得無恙未幾不祿或疑平日爲張所苦又在患難方幸相脫乃爾何耶余以爲此婦妬暴非碌碌者雖死魂魄猶有憑藉

胡宗甫妻張氏極妬元豐中官京局母氏常過其家有小婢雲英行酒與主人相顧而笑張見而嫌之婢亦覺是夕自縊於厠家人驚告張飲噉自如母氏不遑處乃歸明年張之愛女病作婢語責張曰我由爾死尚未足道既聞之飲食笑樂安忍耶必令主死爾諸子繼之使爾孑然無聊以償我昔痛未幾宗甫捐館張遂出京還常州三子盡亡姑婦四人孀居張晚年病發宛轉哀鳴求諸婢餔飼扶掖或責以前事則流涕無語如是十餘年乃卒

王韶在熙河多殺伐晚年知洪州學佛一日問長老祖心曰昔未聞道罪障固多今聞道矣罪障滅乎心曰今有人貧負債及富貴而債主至還否韶曰必還曰然則聞道矣奈債主不相放何耶未幾疽發於腦卒

倡婦州郡隸獄官以伴女囚近世擇姿容習歌舞迎送使客侍宴好謂之弟子其魁謂之行首

書傳載彌子瑕閎籍孺以色媚世至今京師與郡邑無賴男子用以圖衣食舊未嘗正名禁止致和間始立法告捕男子爲娼杖一百告者賞錢五十貫

萍洲可談卷三終

萍洲可談校勘記

朱彧可談百川學海止五十五條蓋當時刪節之本說郛續祕笈即依左本翻刻故條目並同四庫全書從永樂大典錄出重編三卷多至數倍然以三本校之互有得失今并存以俟參訂彧書雜記見聞頗多軼事雖於紹聖諸臣意存回護尚不至如魏泰東軒筆錄之悖謬惟青眉紫姑諸條間涉神鬼未離小說之習云癸巳上巳前一日熙祚記

卷一

胡宗堯條　凡三引見三下三本並有經字

故事條　時傳京交子入侍西宴上云相公公相子京對云

三本京並作公百川學海說郛西並作曲

宰相條　然後品味以進以字誤百川學海作玄乃玄之譌玄互別體也後蔡持正條監司互論百川學海正作玄續秘笈並譌爲玄此句下百川學海多但欲與中國相反本無九字末缺二字說郛作本無他義理續秘笈無他字疑當從續秘笈

辨色條　宰執以下宰上三本並有自字　啟關放人三本入譌下　卒前白百川學海卒上有翰林二字　視之蠲也百川學海蠲上有肉字　止令供清酒百川學海末有因傳知諸同官六字說郛同續秘笈因下衍訪字

大宗正條　入對三本入作登

五等條　元祐初此以下另爲一條當提行

箸令條　州縣選人此以下另爲一條當提行

狨座條續秘笈脫此條　則皆乘百川學海說郛末有之字　預置狨座三本置作買

亦乘狨座張轍二本並無座字

章惇條　王安禮此當另提行三本皆誤連　起廢帥太原三本無廢字　皆

摺角　一匾封三本摺譌榻　後在廣州三本州作守

錢遹條　夜艾子死三本艾作其

慈聖條　無有是姓名者三本是作此　告曰三本告下有上字　當路

王庭鯉條三本與上條連爲一條　及身嘗應進士三本作及身爲進士

頗有主之者得上達王黙念自軍將累勞數十年方轉使

臣改文資三本脫此二十八字

素貧條續祕笈此條誤連卷三外氏條　近歲此當另爲一條三本並誤連　以藩邸舊

恩續祕笈舊作特百川學海說郛並作時　由承轄爲宰相三本無由承轄三字

袁應中條續祕笈誤連上條　又廣顙尖額百川學海作領　連稱大陋百川

學海大作太

王逈條三本誤逈上條　間為狎邪輩所誣百川學海無間字　今六公所

歌奇俊王家郎者三本無者字　蔡持正舉之三本舉作薦　先是福建書籍三本

姚祐條　易題出乾為金百川學海出字在易題上

作蓋福建本書籍　遺二點三本遺作脫

舉燭條　與諸子聚首百川學海說郛子作公　豈足以配日月二本末有

乎字　吉甫曰二本吉甫上有呂字　日煜晝月煜夜燈煜晝夜二本三煜

字下並有乎字　介甫大以為然二本此下有吉甫所言中理昱匪可記類如此十三字

瑟二條　不知果何如三本此下有吉甫子瞻皆不世出之才而不相好亦猶立朝異時耳二字

一字猶當為由之誤

吳處厚條　天庇汝也三本庇作俾　在金陵三本在上有余字　見官

妓三本作奴　爲王得對三本王下有勾字
蔡持正條　讒口可畏如此三本此下有既不得笑又不得哭八字　宣和初
此以下當提行三本無　王介甫居金陵此以下當提行　我公名字偶相
同公名二字當從百川學海說郛乙轉續祕笈亦誤倒
黃州條　子瞻遷責續祕笈作謫　時元祐時三本無元祐時三字　孟氏
作后三本作作皇　蟬有禪意蟬上脫識者謂三字三本並有　后竟廢續祕笈后
謁後
慈本條　先公侍上此以下當另提行三本不誤　別無他語續祕笈脫別字百川
學海說郛此下有建中靖國元年六字　召詣禁中續祕笈脫召字　賜十字師號
三本師上有禪字脫字字　及御製僧惟白續燈錄敘百川學海說郛此下有釋徒尤
以爲盛事七字續祕笈僅存釋字　其後三本無其字　盡革其故俗云三本作盡

華其尤夷者

卷二

鬼奴條　有一種近海野人三本作有一種近海者

菩薩蠻條　因識之三本因作方

南海廟條三本此條連菩薩蠻條下誤

食蛙條　由是東南謗少息三本謗下有缺字　廣南食蛇市中鬻蛇三本廣南下有人字此二句在大蛙也下又此下東坡妾云云至數月竟死三十三字並無　瓊管夷人此以下當另提行三三本不誤　雖甘旨百川學海說郛作香誤　唯燒筍蕈一味可食三本直作爼　先公使遼日三本作先公至北虜日此以下當另提行三本並誤連　大率南食多鹽當依三本作鹹

董助教條　董略不介意三本脫形字　翌日又為具三本翌作明

迄百餘日無倦也三本百誤了也當從三本作色　黃岡村氓此以下當另提行三本並誤連　以米餌作羊屎屎下當從三本補鼠字　唯食眞者三本此下有數月方死四字　黃岡民丁生微此以下當另爲一條三本無

卷三

熊本條　前後無小異三本前作先　但用他畫軸三本用作有　此

尤失獻芹之意此有脫文三本作此尤不可生日祝壽墓銘凶事非徒失獻芹之意必須貽禍

滕宗閔條　書欲謹三本作欲謹書　固已不虔三本固作故

常州太守條　亦大臣中有力者三本無中字　不閱圖經三本句首有守字

上因顧近臣曰三本無因字　作守臣三本作作爲

楊傑條三本合上爲一條　嘗上殿三本嘗下有因字　乃唯唯何耶三本作也

朝廷端愼明辨三本愼作款

萍洲可談校勘記　四

王大夫條　將來有遺表恩澤（三本末有也字）　此二事非爲善謔（三本作余記此二事非以爲謔）

富鄭公條　則請官位（百川學海說郛無則字）　所以開悟爲人子者（三本句首有蓋字）　公舉韓顧（自首至此四十一字續祕笈脫去）　口稱弼（三本重弼字）

杜祁公條（續祕笈此條脫去）　客次與坐席間（此以下似當另爲一條百川學海說郛本並連）　俗謂口快（百川學海說郛謂下有之字）

王荆公條　王荆公（三本作舒王）　一日公忽大咍（三本公作王）

沈起條　有見荆公者（三本荆公作諸王蓋舒王之譌）　公聞其在門（三本公作舒王下傚此）　不得復見（三本得復倒）

錢秀才條　吾家之姊（三本之作三据下文當作二）

何執中條　公不第五否（三本並脫否字）

蔡元度子仍條　病瘡卒三本作病足瘡死
登第條　文筆山也三本文作文誤　語人曰三本八上有州字
瓊管條　續成篇三本句首有當字
外氏條　觀望朝廷三本無此四字　祖塋三女山風水相刑也三本無風水二字
忽詣開封府續祕笈詣謁請　不喜與福建子交涉三本作平生不喜與福建子相交
越國夫人條　王荊公三本作王舒王　公任眞率三本公作王下倣此　吏來索三本句首有郡字
潔疾條　荊公三本作舒王下倣此　無敢取者三本取作收　余大父至貧續祕笈此以下另爲一條　晩年遷謫三本作責　安得此疾三本安得下有有字
旱魃條　往往尤急於權貴三本作往往尤忽權貴　最愛山谷三本無此

二字 嘗言山谷孝於親 三本作常言黃孝於其親 必歸山谷山谷嘗語朝士 三本作必歸魯直語朝士云

大臣條 於僧房中隨挈一具歸 三本作於僧房中有數棺棺骨無款記不獲已乃挈一棺歸 誤取僧骨來 三本作誤取亡僧骨殖

杭州條 此條祕笈全脫百川學海說郛脫條首四十字 諸公欽其才望 二本作部使者知公頗有才望 通與郡將不協 二本無與字

郭巨公條 昔有郭巨公進 百川學海說郛無郭進二字 建第落成日 續祕笈落成與建第誤倒 巨公指諸匠曰 續祕笈無巨字

蘇掖條 爭一錢 三本作文 嘗買別墅 三本買作置 可少增金 三本少增倒

潤州條 卒不與一錢 三本無卒字 竟卒於維揚 三本卒作死 長

喜書三本書上有讀字至維揚病亡三本作至中途子病繫所餘召醫及維揚而死貧索無聊悔悟而卒三本作旅寓貧索無聊亦死

沈括條　出諫垣三本諫字作塞誤前妻兒三本妻譌家而存中三本句下有自張亡三字遂欲投水三本投作墮或疑平日三本平日上有存中二字

萍洲可談校勘記

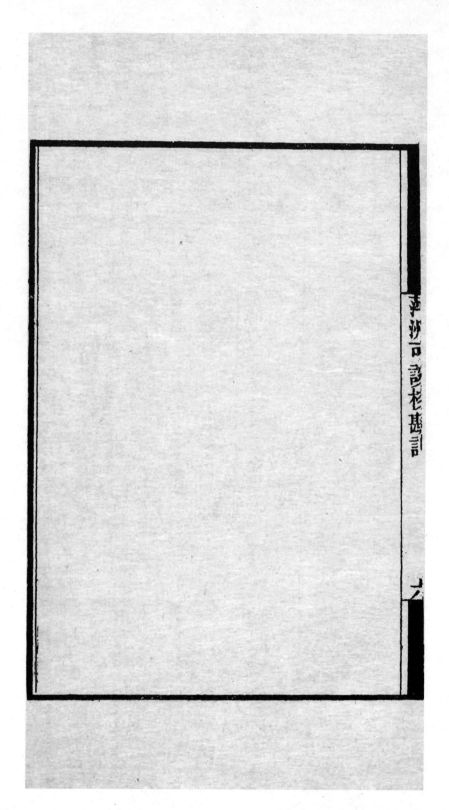